いつも心に太陽を

YANO Hiroko
矢野 浩子

文芸社

いつも心に太陽を

目次

第一章　生立ち　青春編 9

第二章　社会人　結婚　子育て編 29

第三章　新居完成　新天地編

第一章　生立ち　青春編

父の死

「浩子、家に戻っておいで。お父さんが大変なのよ！」

母に呼ばれて、外で遊んでいた私は慌てて家に戻ると、奥の部屋で横たわっている父の元へ駆け寄りました。父は、荒い呼吸の中で、「水が……飲みたい」と言っているようでした。私は、枕元に置かれた吸い飲みで、父の口元に水を含ませてあげました。

まもなく、父は、家族に看取られながら、四十歳の若さで亡くなりました。糖尿病の合併症だったそうです。

小学二年生だった私は、薄々父の死を感じてはいましたが、まだ小さかった弟は、理解できていないようでした。

父は若い頃、四国から単身上京して自動車会社を経営していたと言います。羽振りが良かったのか、「タニマチ」として贔屓（ひいき）のお相撲さんの後援者になったり、千葉の漁師の網元にもなったそうです。

以前、母に言われて、網元先の家へお邪魔した時は、とても良くしてもらいました。

人に好かれ、面倒見の良い父は、太く短い人生を送ったのでしたが、まさか三十三歳で未亡人になろうとは、母も思いも寄らなかったと思います。

生活が一変

父の死後、私たちの生活は一変しました。家に大学生を下宿させながら、母は外に働きに出ました。母が働きに出ている間は、祖母が私たちの世話をしてくれました。

大学生のお兄さんは、私に兄のように優しく接してくれ、勉強を教えてくれることもありました。ちなみにその方とは長いお付き合いで、後に私の結婚式にも出てくださり、八十五歳で亡くなった母のお葬式の時も来てくださいました。

三十三歳で未亡人になった母は、女手一つで祖母と子ども四人の生活を支えるのは大変だったと思います。

いくらかの下宿代をもらっても、家族の生活を維持するのには「焼け石に水」でした。

数年後、やむなく母は、会社を経営していた父の残したそれなりの家を売り、小さな一軒家に引っ越しました。

都内の引っ越した先は、前と比べると粗末で狭い家でした。私は、母子家庭だから成績が悪いと思われたくなく、二畳の狭い部屋で一生懸命に勉強しました。貧しかったけれど、生徒会の副会長にも選ばれて、元気だけが取りえの子どもでした。

何よりも明るく元気前向いて生きていくのが幸せの素

引っ越しする前の出来事

「ただいま！　おばあちゃん、何か用事ない？」

玄関に入るなり、私はいつものように質問すると、祖母は、「お母さんの所へお使いに行っておくれ。帰ってきたら一緒にご飯食べようね」と、言いました。

私は「う、うん」と生半可な返事をして台所に行き、何か食べ物を探しました。

「おばあちゃん、お腹空いているの、何か食べるものない？」

その日の私はいつになく、お腹が空いていたのです。

その原因は、学校の体操の時間に五十メートル走の測定があり、懸命に走ってきたからです。

「珍しいね、あそこの缶の中に、昨日お母さんがもらってきた洋菓子があるから、それを食べたらすぐにお母さんの所へ行っておくれ」

私は、祖母の優しい眼差しを横目に見ながら、急いでお菓子を食べて家を出ました。二年生の少女が一人で電車に乗り、お使いに行くのは、傍（はた）から見れば心配だと思うけれども、私は、怖いもの知らずの元気な女の子でした。

バスを乗り継ぎ、四十分ほどかけて母の働く料亭に着きました。でも、いつものこととは言え、駄菓子屋へ入るように簡単に入ってはいけません。

母がここに勤めて一か月してから、初めて祖母に頼まれて料亭に来た時よりは少しは慣れてきましたが、やはり、入るには勇気が必要でした。私はしばらく躊躇していましたが、思い切って、心に恥ずかしさを抱きながらも、大きな声で、「こんにちは」と言いながら店に入りました。

小柄で粋なおばさんが出てきて、「あら、いらっしゃい！　いつも偉いわね」と言いながら、「おかあさんを呼んでくるから、あの三畳の部屋で待っていてね」と言いました。

部屋には、祖母と映画を観に行った時、画面に映っていた素敵な掛け軸がありました。映画が好きな祖母は、お手伝いのお駄賃として、よく映画に連れていってくれました。

しばらくすると、奥から母が出てきて「浩子、ご苦労さん。おばあちゃんに渡してね」

と言いながら、紙袋を手渡してくれました。奥に戻った母は、化粧気がないのに、とっても綺麗だ、と思いました。

私はお手洗いに行きたくなり、場所を聞いて奥に行ったとき、近くの部屋から聞き慣れた声が聞こえてきました。母が困ったような様子で、誰かに断っていたように感じました。

「再婚を勧められているのかしら?」

以前、そのような話を祖母と話しているのを聞いたことがあったので、私はそう思ったのです。でも、母が再婚して、知らない人がお父さんになるのは絶対嫌だと思いました。優しい、綺麗なお母さんを取られてしまうような気がしたのです。

私は、母からお駄賃をもらって家に帰り、祖母と夕食を食べました。母から預かった紙袋には、生活費が入っていました。一週ごとの支払い契約だったのか、そう言えば、お使いも一週ごとに行っていました。

その日はいつもより、ほんの少しおかずが良くなっていたような気がしました。

大好きな祖母の死

私が五年生の時です。北風の吹く晩秋の寒い日でした。

芝居好きな祖母は、お芝居を観るため、早くに家を出て浅草に出かけていきました。けれど、いつになっても帰ってこなかったのです。祖母は交通事故に巻き込まれ、病院に搬送されたのですが、そこで意識のある間に、長く住んでいた前の家の住所を言ったらしく、すぐに連絡が取れなかったようです。やがて警察から連絡が入って戻った時は、すでに亡くなっていました。突然、旅立ってしまった祖母に、私は、「育ててくれてありがとう」と言いたかったのですが、それは叶いませんでした。

祖母を頼りにしていた母は、とても辛そうでした。私も、おばあちゃん子だった弟も、父の死よりもずっとずっと悲しくて寂しくて仕方がありませんでした。

でも、いつまでも悲しんでなんかいられません。これからは母の力になっていかなければと、私は強く思ったのです。

私は小学二年生の時から、祖母に頼まれて学校帰りに買い物をして帰ることがありました。母が働きに出ていたので、祖母と一緒によく食事の手伝いもしていました。そのご褒美に、祖母が好きな市川歌右衛門の映画によく連れていってもらいました。あの頃は五十円で二本立て、娯楽は映画が主でした。

けれど、それも今は、祖母の死とともに遥かな思い出となってしまいました。

母の手伝いで質屋通い、そしてアルバイトもする

大きな声では言えませんが、除夜の鐘が鳴る前に、母と「質屋」へ行ったことがあります。質屋へは、私が同行したかったのか、母が一人では行きたくなかったのかは分かりませんが。大晦日の賑わいを横目に見ながら、夜陰に紛れて横丁の質屋の戸を潜りました。母は、どうしても流したくない大切な物をお金に換えていたのだと思いました。こうした質屋通いは二年続きましたが、その後は行くことはありませんでした。

中学の時にも、私は母を助けるためにアルバイトをしました。どんな状況からできたのか覚えていないのですが、ローカル線のホームで、アイスクリームの売り子をしたこともあります。

「エー、アイスクリームはいかがですかぁ」なんて大きな声を出すと、けっこう売れておもしろかったのですが、それは一回限りのバイトでした。

母と一緒に新聞売りをしたこともありました。新聞販売店でその日の新聞を仕入れて、

新聞販売店から借りてきたスタンドを設置して新聞を売る日銭稼ぎのアルバイトでした。まさに昭和時代の遺物。今の若い人には分からないかもしれませんね。

また、高校三年の時、築地の東劇という映画館でアンケートを収集・集計するアルバイトをしたこともありました。この映画館は実演もあって、こういう所は初めてでした。

当時は、映画上映の前に歌や踊りの実演があり、大勢の観客が舞台の前に陣取って、応援をしていました。まだメジャーになっていない歌手が前座で歌っていたのですが、それが後に大物になった北島三郎でした。「流し」をしながら、大勢の人に助けられて世に出たのですね。

母の挑戦

一家の大黒柱となった母は、家族を養うために、さまざまな仕事に挑戦しました。

もともとお嬢さん育ちで手に職はなく、お稽古ごとで日本舞踊はしていましたが、師範の資格は持っていませんでした。したがって舞踊を教えることはできませんでしたが、三味線が弾けるというので、時々頼まれてお座敷に出たことがありました。

母は、当時の女優と並んで写っている写真を見ても遜色がないほどの美人でしたので、お座敷では誘惑もあったと思います。ですから、お座敷の仕事は長くできる仕事ではなかったのです。

母は料理が好きだったのか、大学芋のお店を出したこともありました。評判も上々で、とても美味しかったのを覚えています。後に、東大病院の賄(まかな)いの仕事に就いていた時は、余ったおかずをいただいてきたこともありました。その頃は、兄たちはすでに仕事に就いていたので、一人女の私が主婦代わりでした。

厳しい高校時代

でも、我が家の生活はどんどん厳しくなっていき、母は住み込みで働いていました。学校が嫌いなわけなのではなく、毎日の食事代にも困るのに、昼間の学校へ行くことが、私の胸を苦しくしていました。

そんな家の事情から、私は進学をためらっていましたが、校長先生の強い薦めで日本育英会の特待生試験を受けました。そして運よく合格しました。その結果、家からの交通費も安く、当時千円の授業料で行けた都立高校への進学を決めたのです。

バレーボール部に入部し、都の大会にも出られるまで頑張ったのですが、この時期が一番経済的に大変でしたので、定時制に変更して、昼間は働きたいと思っていました。

兄は自分たちが高校へ行けなかったこともあり、特待生の資格を得て高校に行っている私に、学校を続けるように応援してくれましたが、私は今すぐにでも退学して働きたかったのです。

「うちは三人が働いているのだから、高校ぐらいは行かせられる」と言われましたが、内実昼飯にも困り、奨学金の一部を家に入れた時もあるくらいで、とても辛く悲しかったのです。

何でこんなに我が家はお金がないのか？　父がいないということが原因だけれど、死にたくて死んだのではありません。母も、子ども四人残されて未亡人になることを望んだわけではないのです。子育てのためにはお金は必要であり、商売を始めた長兄を助けたいとの援助などで知らぬ間に増えた借金。知り合いの方にもお世話になったと、後年、母が亡くなってから、それとなく借金話が、私の耳に入ってきました。それまでそっとしてくれたのは、皆の優しさと、母の人徳なのでしょうか？

入学時、私は学校前の洋服店で制服などを奨学金で支払う約束で作ってもらいました。事情で払えない時などは、その店の前を通るのが嫌で遠回りして帰っていました。にもかかわらず、洋服店の人は催促することなく見守ってくれました。

当時私は、外泊や遊び歩くなど考えることもなく、どうしたら母を助けられるかと考えていました。貧しいのは私たちのせいでなく、私が働けるようになれば、光が見えてくる気がしていました。環境は厳しかったのですが、気分が暗くなることはなかったのです。持ち前の明るさに救われていたのでしょう。バレー部で、仲間と球を追いかけ、楽しめたことが、現実を忘れさせてくれました。

友だちと無意味な話していたらヒントが湧いて心沸き立つ

優しい大学生

私にとって高校生活は一番きつい時期でしたが、部活と、友人との語らいでずいぶん助けられたと思います。

ある日登校したとき雨が酷かったことがありました。レインコートもヨレヨレで、靴は穴が一か所開いていて、雨が滲みてきていました。傘もなく、駅まで友人と相合傘で来ていたので、雨の止むのを願っていました。今日も母から用事を頼まれていたので、まっすぐ帰らなくてはなりません。

雨が小降りになっていましたが、レインコートはびっしょり濡れ、私は惨めな気持ちでいっぱいでした。

バス停で待っていたら、後ろからそっと傘をさし掛けてくれる人がいました。大学生のようでした。彼の気持ちに甘えて、私は傘に入れてもらいました。その人は、私の乗るバスが来るまで、傘をさしていてくれました。「風邪をひかないように」と優しく声を掛けてくれた彼に、お礼を言ってバスに乗りました。

びしょ濡れで可哀そうだと思ってくれたのかどうか分からないけれど、その優しさがとても嬉しかったのです。

親戚に行く

私が高校二年の時です。次兄が母と、結婚のことで話しているのを耳にしました。

次兄は私より三歳上で、早くから働いていたので、私は結婚話は良かったと思いました。

母は、四国の親戚に一年間、この次兄を預けていたことがあるので、次兄の結婚については喜んで賛成したのです。しかし、母の現状は、借金で大変な時期だったのです。

ふと聞いてしまった母の現状を知って、私は驚きました。借金は、人さまに名前を貸したため、できた借金でもあったようです。子どもたちを育てるための借金だけではなかったのでした。

私はよく理解できませんでしたが、長兄の仕事関係の借金と生活費、名義貸しのため、母はいつも返済に困っていました。時々、私は、父方の親戚へ行くように頼まれました。私には定期券があり、交通費が安く済みます。母が行っている時間がないからです。

父は人の面倒見がとっても良かったと聞いていました。だからと言って、快くお金を貸してくれるわけでもないと思いますが、母が不憫（ふびん）ということで、助けてくれていたのだと思います。「なぜ長兄が来ないのだ」と言われても、私には理解できませんが、長兄が行かれない理由があったのでしょう。

自分にはきびしいことと思えども受け取ることが進歩の始め

夫となる人

ここで、将来、夫となる人について少しふれておきたいと思います。

彼は七人兄弟の五男坊の下町っ子でした。小四の時、野球でメキメキ頭角を現し、学校では野球の上手さでリーダーシップをとっていたとのこと。高校は、猛勉強して両国高校へ合格しましたが、この学校は進学校なので、野球で甲子園に行くと公言した彼に、先生はびっくりされたそうです。大学受験は一橋大学へ挑戦。受けた理由は、その大学の南博先生に憧れていたから。しかし、数学が苦手な彼は受験に失敗し、東京外国語大学モンゴル語科に入学しました。お金が無いので、私立大学を受ける選択はなかったとのことでした。

その後六〇年安保のデモに参加しましたが、学生生活に別れを告げ、雄工社という会社に入社しました。

大学へ行きたくても、行けなかった私には、せっかく入れた大学を途中退学するなんてもったいないと思いましたが、本人にしか分からない何かがあったのだと思います。

読書家の彼とよく議論もしました。私は本より、体験のほうが強いと言いました。子どもの頃は読書家でしたが、近眼になったことで読書から少し離れ、人の話に耳を傾ける体験型になったと思います。

今は、主人が本を読む時間は少なくなりました。誰にとっても、〝読める時代〟は大事だと思います。

わが恋の燃える思いに耐えかねて一人で登る思い出の丘
燃えたぎるわが身せつない胸の内人目を避けて破る恋文

雄工社　彼との出会い

雄工社は、プラスチックに関連する縦型小型射出成型機を開発した会社で、当時従業員を二十名ほど抱え、賄いを必要としていました。

技術屋の私の次兄は、この雄工社に入社しました。その会社の社長の次男と中学時代から野球のバッテリーを組んでいた彼も雄工社に入社したことで、初めて出会いました。

私の次兄の紹介で、母は寮の空いた部屋に住み込みで、従業員の食事を作っていました。

母が会社のアパートに住み込んで賄いをやり始めた時、私と弟はまだ学生だったので、会社のお手伝いをするという条件で、食事つきで同居することになりました。

私は高校ではバレー部で頑張っていましたが、母の体調が悪い時、用事があると言われた時は、部活動は休んで早く帰宅しました。

そんな私を友だちは付き合いが悪いと思ったかもしれませんが、母の用事が第一なのです。小さい時から食事を作るのは好きでしたので、母に代わり料理をしたこともありました。会社の仕事を手伝った時はお金をいただいて、とても助かりました。

進学か就職か！

弟は中学の三年間、読売新聞の配達をしていて、私も短時間のパートや内職などをしました。悩みに悩んで進学をした高校では、学業を頑張らなくてはと思っていましたが、やはり精神的な悩み、経済的要因で、大学進学どころではありませんでした。

三年時、進路の話し合いでは、私の心はすでに大学進学という選択はありませんでした。教師になりたいことを知っていた先生は、東京学芸大なら大丈夫と言ってくれていましたが。ともかく働いて、母を助けたい、自分の生活を持ちたいと思う気持ちが強かったのです。

高校卒業の年、次兄も彼も雄工社を退社し、母も寮の仕事を辞めて家に帰ってきました。

彼は知人の紹介で、業界紙の記者として、小さな会社に入社しました。その彼が広告を取りに行った会社の社長に気に入られて、色々と話をするようになったのです。その際、寮母の話があり、母が務めることになりました。料理の好きな母は、喜んでくれる寮の方々と接しながら、楽しそうに働いていました。彼は、雄工社を退社後も、母が戻った我が家に来ては、私たち家族と団らんして親しくなりました。

私は、どうしても働きたいと思い、先輩が就職している会社に願書を出しました。母子家庭の人の就職は難しい時代、先輩方の功績、力のお陰で、私は当時の一流会社へ入社できました。人事課の方も偏見なく、快く応対してくださり、本当にうれしく思いました。

ひとりぼっちの夜

誰もいない六畳の部屋で　ぼんやりしているのが大好きなノコ
一人ぼっちの特権を　フルに満喫しているノコ
すらすらとペンを走らせ　過去の姿に微笑むノコ
過去の姿に微笑みながら　未来の夢に苦笑しているノコ
誰もいない静かな部屋で　見たり　食べたり　寝転んだり
読んだり　書いたり　一人の女の自由な時間
いつか築きたい夢の中で　過去と未来が交差する

第二章　社会人　結婚　子育て編

ラッシュアワー

社会人として、スタートを切った頃の思い出があります。

私は高校を卒業するとすぐに、東京駅の丸の内側のある会社に就職しました。その時、まずびっくりしたのは、立ち並ぶビルでもなければ、大会社の組織でもなく、聞きしに勝る国鉄のラッシュの凄さでした。初出勤から、一週間ほどは、いつも何台かの電車を見送り乗れなかったのです。我先にと我を忘れて、電車に乗ろうと必死になることが、とても恥ずかしかったのです。慣れるまでは、家を三十分ほど早く出て、ホームで乗るチャンスを狙っていました。

何か月かが過ぎると、すっかり電車に乗るコツを覚えて、ラッシュも楽しいものになってきました。体格が良かった私は、人の波に埋まることもなく電車の揺れを感じながら、いっぱしの社会人になってきたのだと、思えるようになってきました。

ところが、笑い上戸の私には、一つ問題がありました。必死に電車に乗っている人々の姿が、可笑(おか)しくてならないのです。

女性の髪の毛が、後ろの方の鼻のあたりに当たり、鼻をぴくぴくさせている人。

四方から押され、動くことができず、体が曲がってしまったままの人。

「助けて！」と叫びたい気持ちでいるような顔つきで、我慢している人。

その姿を見て、私は笑うのは失礼とは知りつつ、顔がほころんでくるのです。

箸が転がるのを見るだけで笑いたくなる年ごろなので、笑いを抑えるのが大変です。

一人で乗り、笑うわけにもいかないので、同じ時間帯の友人に話をして、後ろから押してあげることを条件に、毎日一緒に電車に乗ることをお願いしました。


ある日、どこかで事故でも起きたのか、ホームは人々で溢れていました。私は体力に物を言わせ、友人を背中から押して、自分も頑張って何とか電車に乗りました。

ホームに溢れていた人々で車内はいつもよりとても混んでいたので、電車が揺れるたびに、次の駅で乗り込んでくる人で車内はますます混んで、私たちは中へと押しやられていきました。留まったところは運が悪く、百八十センチもありそうな男性の背中が、私の目の前に現れました。私は力を入れて体を動かそうとしても、身動きできるような状態ではなかったのです。

私は社会人になっても、口紅も塗らずに出勤していたので、その男性の背中に口紅を付ける心配はなかったのですが、背中に押されて、鼻がつぶれそうで、顔を動かそうとすると余計に苦しくなる状態となりました。

照れ隠しで笑っていた私も、変な格好のまま人波に任せるしかなかったのです。車内の誰もが、私の姿を見て笑っている人などありませんでした。それ以来、私は人の姿を見て笑うことをしなくなりました。

就職してから三年が経ち、会社一般で行われている時差出勤で、ラッシュは減ってきましたが。

母へ初の贈り物

私は、東京駅に近い本社に勤務、入社後は元気に先輩方を回り、「卒業生の会」の集金などをして、元気な後輩として可愛がられました。

この当時の初任給は一万三千円。暮れにもらったささやかなボーナスで、上野のデパートで反物を買って、初めて母にプレゼントをしたのです。瓜実顔(うりざね)の母は、着物の着方や仕草がさまになって、親子とはいえ、私と雰囲気は正反対。私は間違いなくアクティブなスラックス派でした。

その頃の我が家は相変わらず火の車でしたが、成人式にはどうしても振袖が着たかったので、私は会社が終わった後、資金を貯めるためアルバイトをして、着ることができました。母が着付けてくれる着物はさまになっていて、私は自分の新しい一面を見た気がして嬉しかったことを覚えています。

再度の引っ越し

先輩方の配慮で就職できたのが救いで、これからが私の新しいスタートです。

弟も都立工業高校へ入学し、卒業後、大会社へ入社できました。

ただ、大卒と高卒との待遇は、その時代にはすごい差がありました。勉強のできる弟なので、大学へ行きたかったと思いますが、我が家の経済状況では、私同様、とても無理だと思っていたと思います。私自身が大学へ行けるような環境ではなかったので、手助けはできませんでした。就職を機に母と共に、実家に帰り、弟の希望通り貧しくとも一家が一緒になりました。

そんな折、隣の家から、我が家を買いたいとの申し出があり、引っ越すことになりました。おそらく、条件が良かったことと生活のためにお金が必要であったことで、母は決意したのでしょう。

挑戦が進歩の糧と自覚して無理を承知で戦いに行く

母とお座敷へ

ある会社の社員旅行の宴会で、母と一緒に舞台で三味線を弾いた人からアルバイトを頼まれた母。断れない相手なのか、断ることができないのか、はたまた賃金が高かったのかは分かりませんが、引き受けてしまい、一人で行く気にもなれず、かといって今更断ることもできず、母は困惑していました。

この悩みを私に話して、どう答えが返ってくるのか、確かめたかったのかもしれません。話を聞いた私は、酒の席で三味線を弾くことに、何となく不安を感じましたが、断れないなら、私が母と一緒に行ってあげることが一番良いのではないかと考えました。母のボディガードをしながら、初体験をするのも悪くないと思ったのでした。

ジングルベルの鳴る商店街を抜け、奥まった所に、粋な造りの二階建ての店がありました。

思い切って入ると、母の友人が笑顔で迎えてくれました。

「待っていたのよ。助かるわ～」

私の顔を見て、「綺麗になったわね。いくつになったの？」と言われ、びっくりしました。

ある会社の旅行に、母が、子どもだった私を連れていってくれた時にお会いしていた人のようでした。

私まで一緒に来てくれたことにびっくりして、母がお酒を飲めないことを知っているので、店の上客の席を用意してくれていて、母は気分良く三味線を弾き、私がお酌をしました。

入社して三年、私は社内旅行の時にお酒を注いで回った経験があるので、大丈夫でした。

アルバイトも無事に終わり、自宅に戻りましたが、やはり酒の席は好きではありません。

母も、自分には合わない仕事だと思ったのか、次はお断りしたようでした。

その後、料理好きの母は、寮でみんなに食事を作り、喜んでもらう仕事に就きました。

四国旅行

まもなく勤めていた本社が移転し、通勤に時間が掛かるのを機に、自宅に一番近かった千葉県の柏営業所に異動となりました。業務も、直接お客さんに会って対応する仕事に変わりました。本社にいた時に色々な方と接したこと、人が好きだったこともあり、新しい仕事は苦ではありませんでした。

亡き父の兄にあたる人（伯父）が、四国に住んでいます。

次兄は、一年間、母の元を離れ、この伯父の家でお世話になっていたそうです。

伯父は、女の細腕で孤軍奮闘する母が忍びなくて、手助けするつもりで面倒を看てくれたようでした。私も弟も幼かったので、そのことは知らなかったし、いつ兄が母の元に戻ってきたかも覚えていませんが、後に、母は、次兄に対して申し訳ないと言っていたようでした。わずか一年間でしたが、生活のためとは言え、兄も母も辛かったと思います。

その次兄が良い方と巡り合い、結婚することになりました。母もほっとしたと思います。

兄の結婚式のため上京した伯父夫婦に、「来年こそはお母さんを四国に来させなさい」と言われていました。けれど、いくら気持ちがあっても先立つものがないので無理だと思っていました。

ところが、突然、降って湧いたように、母との四国行きが決まったのです。家を売って引っ越すことになり、新居を購入しても残金があったようでした。引っ越しの件は知りませんでしたが、おそらく長兄の借金と生活費のためだと思いました。

母は躊躇していましたが、伯父に行くとの手紙を出してから気持ちが決まりました。私は就職して四年目、母と一緒に父の墓参りに行くため、一週間の休暇をいただきました。兄たちには仕事があり、私は休みやすい状況だったことと、まめに伯父と文通してもいました。父のことを色々聞けるかもしれないと、内心楽しみに思う気持ちもありました。

四国行きには、普段はほとんど着物姿の母が洋服を着て、着物はボストンバッグに詰めて出かけることになりました。父の墓前には、綺麗な着物姿で詣でたいと思うのは当たり前だと思います。

母は、白いカバーが付いた赤いビロード席の一等車が良いと言いました。

父と母は、四国と東京を往来するときにはいつも、一等車を使っていたのだと思いました。食堂車からのアナウンスを聞いた母は、父との思い出が蘇ってきたようです。日々忙しく働いている母は、座席に体を預け、父との思い出に浸っているようでした。

電報を打っていたので、阿波池田駅に伯父が迎えに来てくれていました。賑やかな大通り沿いに、伯父の店がありました。私たちが住んでいる家より都会的なのです。

「ようきたな！　さーまあ、おあがり」

伯父は、池田言葉で温かく迎えてくれました。

母は二十年ぶりとのこと。私は、母が懐かしそうに皆と話をしている姿を見ていました。伯父が、「お父さんが死んでも、生前良くしてあげた人が助けてくれるよ」と、私に言った言葉がとても印象に残っています。母が千葉県の市川市に住んでいた時、空襲で四国へ疎開したことを教えられました。

翌日、私は、着物に着替えたいつもの綺麗な母と、父の墓参りに行きました。

伯父の家は傘屋で、着物類も扱っていて、伯父が選んだ反物を仕立てて送ってくれました。私は、まめに伯父さんと文通して、母の状況を知らせていたことが、とても喜ばれま

郵 便 は が き

料金受取人払郵便

新宿局承認

2525

差出有効期間
2025年3月
31日まで
(切手不要)

160-8791

141

東京都新宿区新宿1－10－1

(株)文芸社

愛読者カード係 行

ふりがな お名前		明治 大正 昭和 平成	年生
ふりがな ご住所	□□□-□□□□		性別 男・女
お電話 番 号	(書籍ご注文の際に必要です)	ご職業	
E-mail			

ご購読雑誌(複数可)	ご購読新聞
	新聞

最近読んでおもしろかった本や今後、とりあげてほしいテーマをお教えください。

ご自分の研究成果や経験、お考え等を出版してみたいというお気持ちはありますか。

ある　　ない　　内容・テーマ(

現在完成した作品をお持ちですか。

ある　　ない　　ジャンル・原稿量(

名			
買上 店	都道 府県　　　　　市区 　　　　　　　郡	書店名	書店
		ご購入日	年　　月　　日

書をどこでお知りになりましたか?

1.書店店頭　2.知人にすすめられて　3.インターネット(サイト名　　　　)

4.DMハガキ　5.広告、記事を見て(新聞、雑誌名　　　　)

の質問に関連して、ご購入の決め手となったのは?

1.タイトル　2.著者　3.内容　4.カバーデザイン　5.帯

その他ご自由にお書きください。

(　　　　)

書についてのご意見、ご感想をお聞かせください。

内容について

カバー、タイトル、帯について

弊社Webサイトからもご意見、ご感想をお寄せいただけます。

協力ありがとうございました。

寄せいただいたご意見、ご感想は新聞広告等で匿名にて使わせていただくことがあります。

客様の個人情報は、小社からの連絡のみに使用します。社外に提供することは一切ありません。

した。他の親戚にも会い、観光名所の大歩危（おおぼけ）、祖谷峡（いやけい）、琴平（ことひら）に連れていってもらいました。二日後には高知城、桂浜を見学して、思いもかけない楽しい旅行となりました。

そして、再び四国に来ることを願いながら、我が家へ戻りました。

結婚の経緯

私の自宅は千葉県の流山に変わりましたが、雄工社での母の賄いが食べたかったのか、貧乏だけど明るく元気な私に会いたかったのか、彼は電車に乗ってよく来ていました。

その当時、まっぴら君などのナンセンス漫画を描いていた加藤芳郎が、テレビに出ていました。母と、「彼に似ているね。元気かしら」と、テレビを見るたび噂していました。

そんな折、彼が仕事で、ある会社に取材に行った時、母に賄いの仕事をしてほしいとの話が出て、母は早速この仕事を引き受けたのです。母にとって得意な分野で働けることは、とても良いことでした。この会社の社長ご夫妻は大変良くしてくれて、私たちの結婚の仲人をも引き受けてくれました。


二十五歳の時です。私に結婚の申し込みをするため来た彼でしたが、これまで兄妹のように親しくしていたためか、なかなか肝心の言葉が出てきません。彼を見て私は苦笑。私の口添えで、なんとかその場は収まったのです。

お酒が趣味という彼は、貯金もなく、結婚指輪は、上野のアメ横で購入したと後で聞きました。そして、昭和四十四年十月九日、叔父が調理長の私学会館で、皆の祝福を受け、挙式することができ、アパートの二階の一室で新生活が始まりました。

結　婚

会うたびにほっとする私
心から信頼を寄せる私
でも　なぜ　結婚という言葉に戸惑うのかしら?
好きと素直に言えぬ私
責任感に敬意を覚える私
でも　なぜ一歩進むことができないのかしら?
夢の中の私
理想の彼と　二人で歩く一本道
ちょっぴり首をかしげながら　甘える私
父のように　兄のように　恋人のように　彼の胸に飛び込みたい私
現実の中の私
心の中が打算の渦で一杯　未知の世界の門を開けて　一歩前進あるのみ
自己嫌悪の真ん中にいる私

会いたいなと思う私
でも自分を知られてしまう怖さで　心の窓を閉じる
幸福になれると思う私　なれるわけはないと思う私
なのに　なぜ　素直に受け入れることができないのかしら？
突然何かが起こった時　二人のきずなが切れることを恐れる私
手を差し伸べられた時　冷静すぎる私の心を太陽が温めてくれるが如く
燃えさせてくれるには　冷静すぎる彼にはできないことかも知れない
流れは同じだと思うけど　いつまで経っても向き合えない二人

パパっ子

冷え性体質が改善したのか、結婚四年目で長女を授かりました。やっと授かった子どもなので、私は仕事を続けるか悩んでいたところ、

「子育ては大切なことだよ。やっと授かった子どもを、自分でしっかりと育ててみたら？」

との上司の助言で、退職を決意したのです。社会人になって十年目でした。

長女の出産から二年後、次女を出産し、懸命に二人の娘の育児をしました。


三歳の長女との昼食後のひと時、テレビのスイッチを入れると、美しい街並みが映し出されていました。

「倉敷だわ！　パパと一緒に行った所よ」と、私は思わず口走りました。

目敏（めざと）い長女は、さっと顔色を変え、「私も行ったのでしょ？　パパと一緒に」と。

私は娘がパパっ子であることを忘れていたのです。主人と仲良くしていると、抗議をする子です。何とかごまかそうとしましたが、娘は執拗に、

「ママは今言ったよ！　パパと一緒だったと」

「行ったけれど、貴女も妹もまだお母さんのお腹にもいなかった時のことなのよ」

子どもが授からず結婚二周年の旅行でしたが、長女の目からは大粒の涙がこぼれていました。口に出したことを後悔したが後の祭り。娘は真剣そのもの！　三歳の長女には理解できないことなのでしょう。お風呂に入る時も、何をする時でも、パパと一緒でないとダメな子。眠い目をこすりながら、主人の帰りをずっと待っているような子なのです。

父親は子どもには特に優しいものですが、我が家は少し違っていたのかも知れません。長女の誕生から二年後に次女が産まれ、七か月頃に川崎病で入院したことが、一因かも知れないのです。六歳までは後遺症が出るかも知れないと医師に言われ、私の気持ちはいつも次女に向いていました。その過程で、長女はすっかりパパっ子になっていったのでしょう。

「妹がもう少し大きくなったら四人で行きましょうね」と言う私に、長女は反旗を掲げ、「自分を連れていかなかったママは連れていかない。パパと一緒に行く」と、ごねる始末。なだめすかして何とか収まりましたが、とんだ三角関係でもあり、楽しい一コマでした。

川崎病

次女が七か月の頃でした。目が赤くなり、三十七度五分の発熱があったので、病院で診てもらうと、ただの風邪だと。しかし、翌日になって、指先が赤くなり熱も三十八度を超えたので再度病院に行くと、ただの風邪ではないかも知れないという診断でした。

一向によくならないので、大きな病院に行きますと、川崎病の疑いで入院することになりました。この頃、乳幼児が多く罹(かか)るという「川崎病」の記事が新聞を賑わせていました。川崎病は、日赤の川崎富作博士によって報告された子ども特有の病気で、原因が分からず、治療法も手探りの状態とのこと。まれに後遺症で亡くなる子どももいるというのです。とんでもないことになり、私は心配のあまり、何度涙したことか！

けれど、大勢の先生のお陰と娘の頑張りで、一週間後に無事退院することができました。

生活立て直し

川崎病を患った次女は、親が気にするため、どうしても過保護になりがちですが、長女は、借家の襖(ふすま)に落書きをする元気な子で、一歳になる前にはもう歩いていました。

井戸端会議はあまり好きではない私は、子どもを負ぶって、ラジオを聞きながら料理をして、主人の帰りを待つという生活をしていました。

「これから帰るから」との電話で、夕食の準備をしていましたが、いつになっても帰ってこない。子どもがいるので先に食べて片づけた頃に、やっと帰宅。理由を聞くと、誘われて断れなかったと。お酒が好きだから誘惑に負けたこと多し。


その頃、名古屋章と岩崎加根子が出演していた人気のＴＢＳラジオ「しあわせ見つけた」をよく聞いていたので、早速はがきを出しました。

「帰る！　と連絡をくれても、ほとんどそのとおりに帰ってきた例がない」という内容で。すると、「五月三十日に放送させていただきます」とご挨拶状と粗品がラジオ局から届きました。


私はお酒を飲まない家庭で育ったので、酒飲みの気持ちは理解できず、行動が理解できません。子育てと帰宅が不規則な主人との生活で、私は体調不良になり、主人と病院に行くことにしました。

「奥さんを大切にしなさい」と医師に言われました。ストレスによるもので病気ではなかったのです。その時のことを主人はよく覚えているそうです。

転職先の業界紙の会社の経営が傾き、主人は、経費削減のため退職することになりました。少しは退職金が出ると思っていたのが、一銭も出ず、本当にお金に縁のない人なのだ、と思いました。

私は子育て中で無職。主人は急いで次の仕事を見つけないといけない状態の中で、小売業に興味があったのか、入社した先は柏駅近くのS社という会社でした。衣料品、生活関連品、インテリア用品など手掛ける昭和三十一年創業の老舗の会社です。その当時の社長が、九歳年上の両国高校の先輩だということが後で分かり、何かの縁を感じました。

復職

次女の病もすっかり快復し、病気になったことさえ忘れ、落ち着いた頃でした。

以前退職した柏営業所の所長から、「今度はセールスで、戻ってきてくれないか」とのお誘いがありました。私は働くのは好きですし、少しでも収入があれば助かると思いましたが、育児が大事だからと退職した身です。

どうしたら良いかと思っていた時、近くに保育園があると聞きました。早速、入園可能かを調べ申し込むと、運よく決まりました。同年代の子どもとの生活は、親と一緒にいるよりは、子どもたちの成長につながると思ったのです。柏営業所の所長に相談しますと、子どもを優先してもよいとのこと。この条件が、復職の決め手となったのです。

以後、二人の娘を自転車に乗せて保育園まで送り、会社に出勤し、仕事を済ませて迎えに行くことが日課となりました。縛りのないセールスの仕事が気持ち的に楽で、子ども最優先での仕事ができました。

保育園では、父母会を結成し、大人同士の親睦会などで盛り上がり、情報交換の場として、貴重な体験をしました。卒園式の時は胸がいっぱいになり、みんなで泣いてしまいました。それほど、家族同士みんなと馴染んでいたのです。

既契約者との出会い

私は、保険会社のセールスの仕事で、色々なお客様と出会いました。この時の出会いで、私の人生は精神的にも、経済的にも出来上がった気がします。

◇あるお店に訪問した時、可愛らしいおばあさんが出ていらっしゃいました。

おばあちゃん子で育った私は、なぜか懐かしくて、その人が好きになりました。

近くに行った際には、用事もないのに、そのお宅へ時々お邪魔しました。

いつ行っても、おばあさんは笑顔で迎えてくれて、お茶などをごちそうしてくれました。

そのおばあさんが亡くなってからも、お線香をあげにお邪魔していました。息子さんも優しく迎えてくれて、世間話をしてくれました。おばあさんと同じです。

大きなお店を経営している人ですが、セールスの相手をしてくれ、癒されました。その奥さんも感じの良い方で、観葉植物の鉢を毎年咲かせる、花の好きな方でした。奥様が私の成績のために、貯金のような保険に加入してくださっていました。

ある日、その保険の解約金で、「旅行に行きましょう」という話になったのです。私は単なるセールスマン。お世話になっている立場なのに、びっくりしました。出入りしている運転手さんも一緒に行くことになり、その方の運転で実行されました。

世の中には良い方がいるという思いを、その後、持ち続けていけたのは良い経験でした。

◇集金先のお宅にお邪魔した際、「このお金を銀行に振り込んで欲しい」と言われた時は、まさかと思いました。信用してくださっているのが分かり、責任を感じました。

その奥さんは、羽仁説子（教育評論家）さんのグループで、ボランティアをしている聡明な方です。ご主人の関係で手に入ったという芝居の券を、「お母さんといらして」と言って何度もいただきました。私もいつかボランティアをしてみたいと思いました。でも、容易なことではありません。仕事で自由に動けない私は、ユニセフに毎月僅かですが寄付して参加させてもらっています。先日、二十年のお礼をいただいたとき、時の流れの速さにびっくりしました。

◇小児科病院の奥さんに、仕事のことで訪問していましたが、診察がない時は自宅にお招きいただき、「若い人にこれからお世話になります」と言われました。

私よりかなり年上でしたが、高そうな品の良い洋服を、さりげなく着こなしている綺麗な方で、温かく接してくださる姿に憧れました。いつか私もそうなりたいと思いました。

まもなく病院を閉め、茶道教室の場を創るため、我が家の隣町に引っ越してきました。私はその立派な家を見たいがために、お邪魔したようなものですが、心よく迎えていただき、次回の訪問を促されました。その際「昼食を一緒に食べましょう」とも言っていただき、早速実行です。私のために手料理を、素敵な器で出され、とても嬉しかったです。

ご主人が亡くなられてからしばらくして、分譲マンションに引っ越されました。私は、年二回ほど、元気でおられるのを確かめたくて、挨拶の電話をすることにしています。

母は八十六歳手前で亡くなりましたが、その方にはいつまでも元気でいてほしいです。

◇ご主人を亡くされて、遺された奥さんが気になって、近くに行った時は必ず訪問しました。

ある時、「旅行に一緒に行ってもらえませんか？」と声をかけられ、私も了解しました。いつも快く迎えてくれて、お話が上手で、楽しい方なので好きになりました。団体旅行の有名な場所に、私が計画を立て、個人旅行をしました。その奥さんは、オシャレで、てきぱきと動かれ、とても一周り上の人とは思えない元気さです。

泊まった翌日、必ず「昨日はよく眠れました。あなたといると安心するのかしら」と。お世話になっている方なのに感謝され、お役に立っているのが嬉しかったものです。

北海道旅行の時は、二名で催行決定なので参加。当地に着いたらご夫婦一組と私たち、運転手とガイドさんの六人で、観光名所を見学しました。後にも先にも、このような贅沢（？）な旅行は初めてでした。がんの手術をされたことを隠すこともなく、元気に行動を共にしてくれました。辛かったかもしれませんが、その姿に、生きることの強さを教えられました。

ふと、あの頃の写真を見ては思い出し　懐かしんでおります。その後、その方はご主人の元へ旅立ち、お葬式には親戚のような扱いを受けました。

他にも、会社が倒産した時に元気づけてくださった方、いつも気に掛けてくださった方など、多くの方に助けられて働き続けられました。今は楽しい思い出だけが残っています。

私は、セールスは得意ではなく、お叱りを受けたり、反省をしたりしました。でも、皆さんのお陰で、人との関わり方などを学びました。倒産時、役員の方々が契約者を守るため、頑張ってくださったことにも感謝です。その当時に苦労された仲間とは今もお付き合いが続いています。

第三章　新居完成　新天地編

新築一戸建てと実家の売却

借家で結婚生活をはじめて数年の後、子どもを通わせていた保育園の園長さんが、単線の成田線で通勤していると知りました。だったら、私も通勤できるかも知れないと思い、この地に、安くて丈夫だというツーバイフォーで家を建てることに決めました。

私は、仕事の休みには建設中の現場に行き、家ができ上がっていくのを楽しみに、頑張って働きました。

ちょうどその頃、母が住んでいる家を「売ることにした」との話が耳に入りました。どうやら長兄の借金を返すために、お金が必要になったらしいのです。

実家に兄弟が集まり、どうしたら良いかと話し合っていた際の母の姿が忘れられません。皆が、長兄を問いただしている時、母は「私の育て方が悪かった」と、涙するのです。母を責めるつもりはない私は、何も言えませんでした。次兄も弟も同じ思いだったと思います。

母との同居　母の安らぎの場

こうした事情で自宅を手放すことになった時、母を兄の転居先に行かせる訳にもいかないと悩みました。私の新居に母を連れてくるのが一番良いと思い、主人と相談して実行することにしました。

当時、兄妹の中で新築したのが私だけだったことと、娘と暮らす方が良いということが決め手になったのです。

母が新築の家に引っ越してきたのは、長女が小一の時、次女は地元の幼稚園に入園しました。

知らない土地に連れてきた母を心配しましたが、それは杞憂に過ぎませんでした。母は地元のお母さんたちとすぐに仲良くなり、私が自宅に帰ると、何人かのお母さんたちが、遊びに来てくれていて、「お帰りなさい」と迎えてくれるではありませんか。

地元には地方出身のお母さんたちが多かったのです。故郷に残した親たちへの思いを母に重ねていたのかもしれません。母を大切に思ってもらえました。コーヒー、お汁粉、お好み焼きと、母の手作りで話が弾んだようです。

私も母がいることで、子どもたちの送り迎えも頼めて心配なく仕事ができましたし、母も孫たちの世話を楽しんでくれていました。今まで苦労をかけた母に、衣食住の心配ない生活をさせてあげられるのが、私には嬉しかったのです。

母は地元になじみ、町会の集まりにも参加し始めて、楽しそうでした。

当時、新舞踊が盛んでした。母は花柳流を習っていたので、他の人より少しだけ輝いて見えました。近所の奥様に、我が家で新舞踊を楽しく教えてあげていました。三味線も一緒にです。

私も三味線に興味を持ちましたが、「猫ふんじゃった」くらいしかできませんでした。

私は、やはりタップダンス！　と、やり始めました。膝を痛めて、すぐにギブアップしてしまいましたが。

母が喜寿の時だと思うのですが、近所のご夫婦らが、母のために大きなケーキを買ってきてくれて、母が三味線を弾き唄うという、楽しい日をプレゼントしてくれました。

日頃の母の優しさに、人との付き合い方の大事さを再確認させられた出来事でした。

バレーボール

一杯のコーヒーさえもわたしには力をくれるキューピット

中学生の時、兄たちが卓球部に入っていたので私も入部しましたが、上手くなる前に部が消滅してしまったので、一時無所属でした。

ある日、友だちから「バレー部に入らない?」と入部を誘われました。

私は背が高かったので前衛のポジションで練習しましたが、空中でボールを打つのが大変でした。当時は九人制でしたから、前衛の練習だけですが、不器用な私も球を打つことができるようになり、高校でもバレー部に入りました。

ボールを追っている時は無我夢中で、辛い家庭の事情を忘れさせてくれました。

都立高校でしたが、関東大会には都の代表として参加し、入場行進の時は胸が熱くなりました。

社会人になっても、私はバレー部に入部しました。会社の所属が本社でしたので、本社のバレー部で諸先輩とのお付き合いもできました。まもなく異動により、会社でバレーができなくなりましたが、子育てをしている時の学区ではママさんバレーに参加して、育児、仕事、バレーと、楽しいひと時を過ごしました。

上の娘が小学一年の一学期の時、現在の住まいの安食(あじき)に新居を建てて引っ越しました。

新しい土地で、母は地元のお母さんたちとお茶会をし、町会の集まりで楽しんでいます。

そんな時、学校から、ＰＴＡのバレーボール大会に参加するための人集めがありました。この機会に、私も地元の人たちのお仲間入りができればと思い参加したところ、専業主婦や農家、勤め人の奥様たちが集合しました。

私は仕事を終えた後、夕食を済ませてから、体育館へ集合です。高校の元校長でバレーボールを教えていた方がコーチとなり、ＰＴＡママさんバレー部が誕生しました。

皆、楽しそうに、この日が待ち遠しい気持ちで、参加しているのがよく分かりました。冬には、こたつを車に乗せて、小さい子どもを連れて、参加していた方もいました。

練習の甲斐もあり、近隣の大会に町の代表で参加するまでになりましたが、いつも負け試合。とは言え、お疲れの会では、いつも試合に勝ったような気分で盛り上がりました。

その後、婦人バレーボール協会を立ち上げ、パパママバレーボール大会を開催しました。夕食後、バレーに出かける奥様方の姿を見ていただき、協力を仰ぐ意味合いもありました、この会は、私たちが退いた後も後輩たちが継続して、春季三十八回、秋季四十回と、現在も続いています。

バレーは個人競技ではないので、レシーブやアタック、トスなどの、自分ではできないポジションの人たちとの連携がとても大事です。チームワークが上手くいけば、強いチームにも勝てることがあります。団体競技は、お互いの弱点を補いながら、成功した時の喜びを分かち合えます。年齢、性格の違う仲間の中で、人との付き合い方を学べることもあると思います。私たちは年齢と共に練習する機会がなくなりましたが、その後も食事会や年一度の旅行、部の誕生三十周年の旅行をするなど、長いお付き合いが続いています。

長女は高校からバレーを始め、短大でも頑張り、現在仕事をしながら、ママさんバレーを楽しみにして、その様子を楽しそうに聞かせてくれるのを聞き、戻れるものなら、またコートに立ってみたいと、叶わぬ思いを抱くことがあります。

高校時代のバレー部での青春の一ページを思い出す瞬間です。

体力を鍛えることが気持ちまで向上できる基礎となりけり

ボヤ騒ぎ

次女が高校一年生の時、自分でお弁当を作って、部活のため早く家を出ていました。本当はお弁当を作ってやりたかったのですが、私は仕事で疲れていることが多く、また、朝が弱かったのです。このことは申し訳ないと思っていました。

ある日、二階に煙が上がってきたので、私は驚いて飛び起きました。キッチンで油が過熱し、コンロ周りは焦げてもう少しで火が天井に届きそうだったとのことです。主人は煙の中、階段を駆け降り、一階の母の部屋に行き、外に避難させてくれました。私と高三の長女はベランダから、綱を伝って脱出しました。

向かいのご主人が、煙を見て、即、駆け付けてくれ、火を消してくれました。そのご主人は東京消防庁の消防士であったことが、我が家を救ってくれたのです。こうして初期消火ができていなければ、我が家は燃え尽きていたかもしれません。気持ちが落ち着くまでには時間がかかりましたが、家そのものは大丈夫でした。火元のキッチン側は、空き地で、どなたにも迷惑をかけることなく終えたのが不幸中の幸いでしたが、ご近所の方が総出で、後片付けをしてくれました。長女の友だちも、すぐに駆け付けてくれて階段の側面の煤(すす)を拭き、友人、知人からのお見舞いもいただき、皆にお世話になりました。人の優しさに触れ、元気をもらい、感謝の気持ちでいっぱいでした。

火災保険の給付金で綺麗になったキッチンで、お弁当づくりを担当したのは、朝が強い、料理が好きな主人でした。

美田を残すな

土地の所有者が雑草を刈り取ることは消防法で決められていたと思っていましたが、この地に引っ越してから、隣の空き地の持ち主にお会いしたことはありませんでした。もしかして、この土地を手放してくれるのではないかと思ったのです。

早速、主人に話すと、「子どもたちに美田(びでん)を残すことはない」と言われました。住宅ローンはあと少しで終わるところでしたので、私なりに大丈夫だと思いました。以前から興味があった野菜作りのため、自分のためにも土地が欲しかったのです。

私は、誰にも迷惑をかけないとの自分の意志を通し、不動産業者を調べて、土地購入の契約をしました。

隣の空き地には、シイタケが採れるような大きな松が八本ほど生えていました。自宅にいる時はすべて、この松を切ることに時間を割きました。鋸(のこぎり)で一枝ずつ切り取り、根っこを取る時は、主人の力を借りて、すべてが終わりました。

不器用な私は成し遂げた時のよろこびが好きでした。後に「よくもまあ、業者に頼まずにやり遂げましたね」とビックリされました。一本切り倒すには三万円かかると言われましたが、私には関係ありませんでした。

今では考えられませんが、あの時の若さと情熱をもう一度ほしいものです。

主人の交通事故、そして損保の代理店へ

主人は、S社で楽しく働いていましたが、新居を安食に構えたことで異動がありました。そのために、会社から車の免許を取るように言われたのです。四十三歳の時でした。お酒を好きに飲みたい彼は、これまでも免許を取る気はなかったのですが、会社の命令で取得することになったのです。

「飲んだら乗るな」と分かっていても、飲酒運転の事故は絶えないので心配でした。飲んで運転し、事故でも起こしたら、家族の生活が一変してしまいます。運動神経のある主人ですが、仕事をしながら苦労して、半年かけてやっと免許が取れ、異動先の店舗へ車で出勤することになりました。

私は、柏の営業所には、電車に乗り、天気の良い日はバイクで通勤していました。長時間のバイク通勤は危険も多いので、一念発起して仕事をしながら免許を取りました。母に何かあった時、私が運転できることは、きっと役に立つと思ったのです。

そんなある日、「車にぶつけられたが、大丈夫、心配するな」と主人から連絡が来ました。主人の帰宅後、私は、「鞭打ちは後で症状が出るので、絶対病院に行ってよ」と、強く勧めましたが結局行きませんでした。

ところが何日かして、主人は気分が悪いと言い出し、近くの総合病院に行くと、診察後、すぐに入院となりました。

三か月の入院をしている時、会社の人が来て、通勤時に事故に遭ったのに、労災保険は使わず、自動車保険で処理してくれと言われたそうです。ひどい話です。主人が対応したのですが、信じられないことに、労災認定してもらえず、賃金もカットされてしまいました。正義感の強い主人は、「こんな会社にはいられない」と、退職することにしました。

これを境に、すぐに働かないといけない状態に陥りました。私が生保と損保の仕事もしていた関係で、夫は早速損保代理店へ。今回の入院で、保険金が役立ち、有難さや重要性を再確認できたことが大きかったと思います。

夫は、初めは研修生でスタート。販売業とは違い大変だったようですが、世話好きな人なので〇Ｋ！　大変な時もありました。弟が勤めている富士ゼロックスへの中途採用があったので勧めましたが、耳を貸そうとはしませんでした。大会社は自分には合わないと。今思えば八十歳まで働けたのは、代理店だったからできたこと。転職したのが正解だったのかも知れません。

特級一般の試験で、九十点取れれば五万円のご褒美が出ましたが、惜しくも八十九点で出ず、お金に縁なし。特級に受かる人は少なく、ましてや年配者なのに凄いと言われて、気分を良くしておりました。

Ｓ社退職後三年が経過した時のこと、気分が変だと言います。体が思うように動かないと。以前、家に下宿していた古い友人が病気で倒れた時、助けてもらったという中国整体を紹介され、藁をもつかむ思いで行ってみました。その診断は、五、六回ほど通院すれば良くなると言われ、頑張って通ったのです。

現実は十五回ほど通院していた時、突然、体に変化が起き、体調は良くなってきたようです。しかし、また再発して何かすっきりしないので、ブラッドパッチ（硬膜外自家血注入療法）を受けると言いだし、遠方の病院に入院したことで、だいぶ楽になり、仕事を続けることができました。

私には出勤義務があり、代理店の主人にはありません。母の世話では、どうしても主人に負担が掛かることになります。こうして、二人での連携体制ができました。

ケアセンターと家庭菜園　母と私の楽しみの場所

ある年の十一月、知人のお誘いで、母が地元のケアセンターに行くことになりました。一日中家にいるよりは、気分転換になるのではないかと思ったからです。ただ、それがベストだったかどうかは分かりませんが、母は人気者で週何回かの通所を楽しみにしていました。

私も自分の時間が取れたことで、家庭菜園を始め、好きな花を育て始めました。家庭菜園は、田舎のない私が、いつか自分で野菜を育てたいと思っていた希望の一つでした。子どもの頃から母の手伝いで買い物をしていたので、野菜ができる過程に興味がありました。早速、自己流で土を耕し、栄養を与え、苗を植えて挑戦。夏野菜は素人でも育てられました。毎朝、少しずつ大きくなる野菜を見ては楽しみ、なんでも植えてみました。

里芋は大きな葉の裏に、親指ほどの太さの芋虫がついていたのには、びっくり。虫が嫌いな私は、アブラムシは手で取り除けたのですが、芋虫はダメ。二度と里芋は作らないことにしました。

年と共に、野菜作りをいつ止めようかと思っていても、苗を見てしまうと、つい買ってしまうのです。植えれば面倒を見ないといけない。この調子で、野菜作りを懲りずに、今も続けています。健康のためと思い、出来栄えではない、自作品を食べられる楽しみを味わっています。

母の入院、そして死

ある日突然、母の体調がおかしくなり、市内の病院に入院することになりました。

病名は食道潰瘍、逆流性食道炎と診断され、輸血の話にもなったほどで、とても心配しました。治療のお陰で何とか退院できましたが、ケアセンターへは行けなくなりました。

今までも病院通いはありましたが、我慢強い母で、歯の治療や右変形性膝関節症で手術をしたりしたものの、それでも気持ちだけは元気でした。

それからしばらく経ったある日のことでした。

「おーい、早く来てくれー、おかあさんが……」

主人の大声を聞いて、母の所に駆けつけると、母が床に倒れ、ぐったりとしていました。

主人と私は、母を抱きかかえて、急いで救急車を呼び病院に行きましたが、一言も声を発することなく、私に声をかけることもなく、息を引き取りました。苦しむ様子がなかったことが、せめてもの救いでした。

安置所の母の遺体の前で、私は一人号泣しました。そして、母と生きてきたこれまでのことが次々と思い出されました。

家に帰ってから、綺麗な顔をして横たわる母の姿を見ても信じられないし、信じたくありませんでした。これから親孝行をしようと思っていたのに……。もっと早く仕事を辞めていたらと、後悔に苛(さいな)まれました。

母は八十六歳の誕生日の数日前に、父の元へ旅立ってしまったのです。お葬式には、いつも母と談笑していた近所の人たちが参列し、火葬場にも来てくれました。

波乱に満ちた生涯だったかも知れませんが、母としてはやり遂げた一生だったと思います。

しばらくの間、私は家にいても母はもういないと思うと、寂しくてたまりませんでした。

外で母の年齢ぐらいの人を見ることもできませんでした。

そんな元気のない私に、声をかけてくれた友人の言葉が今も心に残っています。

「子どもの世話で、親孝行できると思った時には、母は亡くなっていました」

けれど、私なりに親孝行をしたのだと自分に言い聞かせ、「元気を出してゆくことが育てててもらった母への恩返しだ」と思ったのです。

一人の二人

「お帰りなさい」

「夕食できていますよ」

「今日何か変わったことがありましたか？」

「私　今日とても忙しかったのよ」

「買い物に出かけて一円玉拾ったの」

「ね　今度の日曜日　K宅へ行きません？」

鏡の中の　私と私　一人で交わす二人の語らい
自分のことのようで　とてつもなく　他人事のような気がしてくる

会社の倒産

営業マンとして、また、以前の会社に戻りました。

事務員時代の知識があったので、知識としては困らなかったのですが、初めてお会いする既契約者への挨拶回りや、新規のお客さんを獲得するために、飛び込みの営業をしながら、どんな方が出てこられるかと、冷や冷やものでした。保全的な仕事の事務とは違い、やはり簡単ではありません。

他人とお話をするのが嫌いではないので、仕事と関係ないお話ができればと思いながら自然と営業になってきて、楽しみながら続けてこられました。

が、突然、会社が外資系保険会社に吸収合併されてしまったのです。自分も大変でしたが、出先機関には、連日問い合わせや苦情が殺到しました。

事務員時代を含め、三十年以上お世話になった会社の倒産はこたえました。私を信じて加入してくださった方に、誠心誠意応対し、ご理解いただき会社が落ち着くまで頑張るしかありません。

「貴女のせいではないのだから、頑張ってね」という言葉に助けられました。

その頃の仲間とは、辛苦を潜り抜けた戦友として、未だにお付き合いが続いています。

めぐり合い共に過ごした仲間とのきずなは続くいつまでも

第四章　再出発　挑戦編

シャンソンを歌うことの意味

◇再出発

元気を出すために、会社にいたときの旅行でカラオケを歌っていたことを思い出し、本格的に歌のレッスンをしてみようと、カルチャースクールのシャンソン教室に参加しました。とは言え、所詮素人、あくまでも趣味の範囲ですが、シャンソンを愛する仲間と、すぐに打ち解け、新しい世界の楽しみを知りました。

越路吹雪のレコードを聴きながら育った私は、他の歌手、イヴ・モンタン、エディット・ピアフ、金子由香利などの歌、知らない歌詞に感激し、自身では体験できない男女の別れの唄、人生を語るシャンソンの虜になりました。

◇発表会

母には見てもらえませんでしたが、六十四歳の時、シャンソンの発表会に出場しました。練習をしたつもりでも、舞台での私は散々でした。歌詞が分からなくなり立ち往生。

来年はもう出場しないつもりでしたが、「来年も頑張ってね」との言葉を振り切れず、毎年続けてきました。娘たちの「年々上手くなっている」との励ましで七十六歳まで発表会に参加してきました。コロナの収束を受け、三年ぶりに大舞台での発表会ができそうな状態です。

◇変身に挑戦

発表会当日では、歌詞は忘れるし反省ばかり。満足することができないので、意識を変えて再挑戦です。服のコーディネイトは好きでしたから、歌う曲に合わせ着るものを自分で決めました。かつらを被り、眼鏡を外し、お化粧をして、歌の下手さを変装でカバーしました。

発表会当日、先生や仲間から、「だーれ?」と言われ、その上、見に来てくださっている友人は、私がオープニングに出ていたのにもかかわらず、「あなたの姿が見えなかった」と言われ、大笑いでした。

この作戦は大当たり！　その後はいかに変身するかが、自分自身の楽しみになりました。

もちろん認知症にならぬよう、歌詞を覚えて、私の変身に注がれる視線を楽しんでいます。

最近は、上手な人も体調の変化や年齢の壁で参加できなくなることが多く、心穏やかではありません。参加できるうちはと思い、レッスンに出かけ、発声練習や新曲への挑戦をしています。

◇人の生きざま

各教室から歌いたい人が、歌いたい曲の楽譜を持参して歌う集まりがあります。

歌う前に、自分の教室の名前と、歌う曲を言うことになっています。その時、私は無意識に、成田教室を、柏営業所と言っている時があります。柏で保険の仕事をしていたので、教室は成田なのに柏営業所と言ったりして、その場は大笑い！　自分はしっかりしていると思うのですが、そそっかしいところがあるようです。失敗が、その場の雰囲気を和ませるならば、失敗も悪くはないと思いますが……。

歌いたい人の集まりで、言葉がはっきりしない仲間に気が付きました。何度かお会いしているうちに、他の方から、病気の後遺症だと聞きました。

その方はシャンソンを楽しんで歌っているうちに、言葉がはっきりしてきました。何度も、歌を歌い続けることが、とても良いリハビリになっているということです。集まりにはご主人の車で送迎してもらい、遠方から来ていると聞き、素敵だと思いました。その後も何度か病気になられたようですが、シャンソンを歌うことで復活するのです。

その精神力は素晴らしい。好きなことをすることが、最大の薬となることを教えてもらいました。

パソコンに挑戦

前々からパソコンをしてみたいと思っていましたが、使われている言葉が何も分からない。どうしようかと思っていたところ、町の広報で、「当方パソコン使用のお手伝いをいたします」なる広告が目に留まり、早速連絡をしたところ、定年退職者で、同年配の男性と知り合いになりました。事情を話し、パソコンを一緒に買いに行ってもらい、設置もしてもらいました。

私のように、パソコンはしたいけれど、何も分からない人が大勢いることを知り、ボランティアで勉強を始めようと言ってくださり、素人パソコンクラブが発足しました。

「パソコンが使えると、便利で楽しいですよ」と声をかけて、外国暮らしの娘さんの母親と、すべてに積極的な奥さんの四人でスタートしました。

初回のレッスンで、ワープロを大きな風呂敷に包んで持参した人がいました。どうやらパソコンとワープロの区別もつかないらしい。このように何をどうやって良いかも分からない人たちばかりです。まずは、キーボードに慣れ、文章を作成し、メールのやり取りができることを目標にしました。

やがて少しずつ仲間も増え、はがき作成やメールで連絡が取れるようになってきました。何度も同じことを聞いても忘れ、先生に呆れられても、何度も何度も挑戦しました。練習が終わるとお茶をして皆でおしゃべり、世間の情報交換の場となり、年二回の食事会など楽しく過ごしました。

この教室も十七年の年月が経ち、先生の傘寿を機に閉鎖したいとの申し出がありました。月二回、合計八時間を、私たちのために時間を割いて教えてくださいました。

ボランティアとして他では考えられない安い参加費で、丁寧に我慢強く続けてくださった先生の意向を快く受け入れることが、今までの感謝の気持ちを表すことにつながると思いました。今後の質問は、LINEで受け付けると約束してくれたので、ホッとしました。

今の子どもたちは生まれてきた時から、スマホ、ＳＮＳなどが身近にあり、自然に身に付けられますが、年配者にとっては大変な挑戦でした。

今後、生活していくには、パソコンやスマホの環境を受け入れる方がためになるのでは、と実感します。仲間同士で教え合い、分かるまで挑戦し、理解した時の喜びを知りました。

主人の町議選

町議の方から「選挙に出てほしい」との打診がありました。六十三歳の時です。以前町長選の応援で、共産党とつながりができていたのです。共産党に入るにあたり、主人から話がありましたが、個人の自由なので了承しました。

主人はノンポリを自認していましたが、選挙に興味はあり、これまで棄権したことのない無党派でした。

昔から、世の中の矛盾に対し意見を持っていた主人でしたが、まさかの出馬表明です。私は反対でした。家族も反対でした。主人は主人なりの考えがあったのでしょう。

選挙に出るにあたり、お酒で失敗をすると困るということで、断酒すると宣言しました。

今まで、酔っぱらって財布を盗まれたり、物を落としたり、酒にまつわる失敗が多々ありました。そんな主人ですが、大好きなお酒を断ってまで出たいのであれば仕方がないと、家族は静観となりました。

けれど、妻である私にはやることがたくさんありました。選挙の応援に来てくれる方のお世話、食事の用意など、初めてのことばかりで大変でしたが、二年前に母も亡くなり、仕事も代理店となり、時間的余裕があったことも、選挙を受け入れる下地にはなっていました。

しかし、当選する確率はゼロに近いと思っていました。二人の枠はないはずです。出るということになったのは、おそらく断ることができなかったのでしょう。本人も感じていたと思います。でも、話の上手な主人なので、自分の意見を皆に聞いてもらいたいとの気持ちがあり、またとない経験だと思ったのでしょうか？

私は一度として、主人と一緒に車に乗り、応援しませんでした。当事者の妻が同乗しないことなどないことかもしれませんが、お願いしなかったことが敗因とは思っていません。

結果は思った通り落選でした。六十三歳の党の新人でしたが、個人票は取れたようです。裏方でのお世話に徹した私の心の中は、当選することを願っていませんでした。人に頼まれたら、いやと言えない性格なので、議員になれば陳情なり、大変なことが起こるであろうと思っていたからです。議員になるタイプではないと思っていたからです。

友人などから、カンパをもらい、本当にご苦労様でした。主人はその後も、党の下支えをして、人のためになることを続けています。体調を考えて、動いてもらいたいといつも心配しています。無理をしないでほしいといつも思って見ています。

毎日飲んでいた人が、選挙中だけでも断酒できたのは凄いことだと思いますが、議員でなければ、お酒を飲み始めても構わないとなり、好きなお酒を飲み始めました。

ところが、体が反応したのでしょう。六か月間、お酒を飲んでいなかっただけなのに、急性アルコール中毒のような症状が出て、体の震えが止まりません。こんなことは、初体験です。びっくりして病院へ行きましたが、日にち薬で治まり、ほっとしました。

その後もお酒にまつわる出来事は多々ありましたが、その時私は、この人と、これからも付き合っていく運命だと思いました。

断れない人

頼まれると断れない人には、それを承知で頼む人もいるのではないかと思ってしまいます。

主人が「千葉での集会に出てほしいと言われた」と聞いたとき、私は断るように言いました。それまでも、集会に行けば飲み会があり、楽しみが待っているわけで断わりません。近場でないこと、飲んで帰ってくるまで心配だから断ってほしいと、私は再度頼みました。夫は、妻の言うことには耳を貸しません、でも困ると、世話をするのは妻なのです。出かければ迎えに行くことになり、寝るわけもいきません。帰宅すると、「疲れたー」と言うのです。また、自分がしてもらった選挙運動のお返しで　他の人の応援に駆け付け、当選をしたことを自分事のよう喜んでいました。

その矢先、気分が悪いと言い出し、病院に行くと、人より数倍も心臓の動きが悪いと言われ、大病院での再検査で心不全と診断されました。薬を飲み続けないと命は保証できないという状態になったのですが、薬の力はすごいもので、一〇〇メートルをやっとの思いで歩いていた人が、普通に生活ができるようになりました。今も薬は手放すことはできませんが。

その後も、「好きなお酒を飲んで亡くなるのは本望」と言って楽しそうに飲み続けています。

会社で同僚だった彼女が、文通の末、イギリス人と結婚することになりました。日本が大好きな彼氏は、日本式の結婚式を挙げたいとのことで、私は二人の仲人を頼まれました。もちろん、彼女の両親が日本に住んでいるということが最大の理由でしたが。イギリス人の新郎は紋付袴、新婦は優雅な白無垢。仲人は黒紋付に黒留袖です。何せ人生一度の仲人ですから、うんと厳粛に決めました。

結婚式の参加者は日本人が多く言葉には困りませんでしたが、主人は英語で挨拶をしようと、奮闘努力をしてくれました。

二人が結婚してニュージーランドに住むようになってからも、手紙のやり取りをしていました。手紙の文章を訂正するのに、書き直しがパソコン上でできることが分かりました。必然的にパソコンを覚えることが必要になり、勉強したこと、教えてもらったことが大いに役立ったのでした。彼女はすでにパソコンを持っていたのです。

その後の連絡はパソコンですることになり、手紙を書く時間が省けました。何度か来日した時の連絡などは、その都度早くできるので大助かりでした。

東京都庁、上野公園、成田山など、案内したお礼にと、ニュージーランドに招待され、十五日間の旅行の計画を立て、彼女の家を宿泊先として、帰国時には二泊三日のツアーをセットしてくれ、無事に帰ってこられました。ニュージーランドに行った時の思い出が忘れられず、今に至るまで関係は続いています。

長女のエトセトラ

◇チャレンジ

高校を終えた長女はＡＳＡの奨学金制度を利用して、アパート付きの部屋を与えられ、一年間、新聞配達店で働きながら予備校に通い、頑張りました。

環七通りをバイクで通学している娘が心配でしたが、私はただ傍観するしかありません。埼玉の短大に入り、アパートを見つけ、駅前のファーストフード店のアルバイトを決めて、学生生活がスタートしました。もちろんアパート代は親の負担でしたが。

二年間のアパート生活を早めに切り上げ、一年半で我が家に帰ってきました。

三月、無事に卒業を迎えましたが、その日は忘れもしない、「地下鉄サリン事件」の日でした。

◇再チャレンジ

長女は外国へ行く資金作りのために働いていたホテルで出会った人と結婚しました。三人の子どもを育てながら、社会福祉法人で働いていた長女が、子育てが楽になってきたのを機に、職場の応援を得て、保育士の資格を取るため、働きながら二年間学校に通うことを選択しました。常に新しいことに挑戦するのは素晴らしいこと。大いに賛成です。学校の仲間の年齢はまちまちで、厳しいレッスンだそうですが、「楽しい」と娘は言っています。

私の先輩で、先生になりたいと思っていた方が、働きながら先生になりました。私も先輩に続けと思いつつも、実行に移せなかったのが心残りでした。そういう家庭状況でなかったと言えばそれまでですが、弱い自分がいたのですね。

次女のエトセトラ

◇川崎病を克服してバスケからマラソンへ　サブスリー達成

川崎病で入院したことのある次女が、小学校の部活で、ミニバスケットをしていました。走ることも好きなようで、中学生の時は成田山のミニマラソンにも参加しました。川崎病の後遺症が気になり心配でしたが、私には見守るしかありません。

高校進学にあたり、ミニバスケの顧問との関係で、バスケが盛んな高校に決めました。入学式では、娘が新入生代表で挨拶をし、卒業式には、私が謝辞をやることになりましたが、巻物を読み上げるのは嫌だったので、自分の言葉で謝辞を言いました。皆はあっけにとられていたのか一瞬静まり返り、私が頭を下げた時、大きな拍手が起きました。主人は「やった!」と思ったそうです。

次女はバスケも頑張りましたが、大きな大会へ進むことができませんでした。そして、学校からの推薦で、学校として初めて順天堂大学に進学しましたが、バスケが特別に上手ではなかったので、不完全燃焼で大学を卒業しました。

その借りを返すがごとく、次女は結婚した彼氏の誘いで、マラソンに出合い、バスケットボールでの悔しさと自分の自信を取り戻すために、七年間仲間の助けでマラソンを頑張り続けました。

その甲斐があり、三十歳の時サブスリー(42・195キロのフルマラソンで三時間を切って走ること)を達成して、『ランナーズ』という雑誌に掲載されました。マイナスをプラスにする娘の行動に、親として、本当に嬉しかったことを覚えています。

ちなみに、婿さんのブラジル転勤前の大阪国際マラソンに招待され、ライブで応援できたのはよい思い出となっています。

◇グランドスラム達成

グランドスラムとは、一年間の間に、次の①②③を達成した人のことです。

①フルマラソンで三時間を切って走る（サブスリーのことを言う）。

②富士登山を地上から頂上までを制限時間（十時間）内で登りきる。

③一〇〇キロマラソンを十時間以内に走り切る。

グランドスラムを達成している市民ランナーは、一パーセントと言われています。

次女がグランドスラムを達成したと聞いた時、信じられませんでした。恩師、マラソン仲間、協力できた私、皆のお陰で達成できたのです。

◇婿さんの転勤で、カンボジアへ

その後、旦那さんの転勤でブラジルに行くことになり、パソコンが役に立ち文通となりました。十年間の滞在中、ブラジルはあまりにも遠いので、私はとうとう行けませんでした。

三年前に次女夫婦はカンボジアに転勤になり、ブラジルよりは近いので、旅行に行けるかもと思いました。が、コロナのせいで、直行便がなく、乗り換えでの旅行は大変だということで諦めていました。

そんな折、婿さんが東京に仕事に来ていて、帰国時に連れていってくれることになり、夫と行くことになりました。コロナのワクチンもしっかり打ち、体力も大丈夫と思い、婿さんに助けられ、主人と共にカンボジアへ行きました。

現地は何十年か前の日本の雰囲気、バイクが多くて、突然大雨が降り……トゥクトゥクという乗り物がタクシー代わりです。

ポルポトのこともあり、若い人が少なく、私には到底住めないと思いました。

日本人が経営している食事処に、娘が連れていってくれました。みんな頑張っています。

市場も活気があり、女性が多いのにはびっくりで、男性はどこ？　という感じでした。

◇観光地でのコロナ感染と留守中の連携プレイ

婿さんが支配人をしているホテルに宿を取ってくれていました。娘がトゥクトゥクで送迎してくれて、毎日日本人の経営する店に出かけました。

カンボジアの観光名所である「アンコールワット」を見学するためにホテルから車をチャーターして、シェムリアップの宿に二泊しました。

アンコールワットを見学後、私は三十七度の熱が出て、その後の見学はお留守番することになってしまいました。二日目は、体調もよくなり、みんなと行動を共にでき、ホテルに帰ってきました。ところが、その後主人の体調がおかしくなり、熱が三十九度を超え、抗体検査の結果二人共コロナ陽性でした。ホテルから出られないため、娘が食事を作りに来て、差し入れの材料で自炊生活です。日本人の医者に解熱剤をもらい、主人の熱が下がった頃、陰性となりました。予定の旅行は十五日間でしたが、二十三日間も滞在しての帰国となりました。

こんなにも長期間、家を空けたことはなかったけれど、帰宅できない現実は仕方がありません。出かける前から、留守中のことを、近所の方、長女の家族にお願いしておきました。

主人が中心の野良猫の餌やりを仲間に連絡し、家族が交代で家にいてくれました。

約束の取り消しや現状の報告、体調の連絡など、パソコンのレッスンが役立ちました。

遠く離れた人と、LINEで話ができるということは、本当に心強いものでした。

娘がブラジルにいる時も、パソコンで娘のお願いを聞くことができました。

夫の交通事故と守護霊の話

◇私が旅行中の新幹線の車内に、長女から電話がありました。主人の事故の報告でした。
「自宅に帰ってきたら窓硝子が割れてて車内が大変。でも原因が分からない」と。

飲酒運転ではないと思うが、電話をもらっても、私にはどうすることもできない。

本人も、心配なのは当たり前ですが、覚えていないのだから仕方がない。

「相手のある事故だと、必ず連絡が入るから、待つしかない」と待機していましたが、結局、何の連絡も入らない。自爆だったようですが、心穏やかでない時間でした。
◇我が家の前の道路が左カーブでのぼり坂になっています。私が草むしりをしていた時、すごい音が聞こえてきました。事故が起きたのかと思い坂の方を見ると、主人らしき男性が手を振っているのが見えました。まさかと思いましたが、とりあえず行ってみると、間違いなく主人。事故は初めてではないので、私は落ち着いていました。

主人が坂を下り、のぼってきた他人が、主人の車線に入ってきて事故は起きました。このままぶつかると死んでしまうと思い、急いでハンドルを左に切って、正面衝突は回避、道路壁面にぶつかって止まったとのこと。

相手の方が心配で、自分の状態を考える余裕もない主人は、私の姿を見てほっとした様子。私の姿を見た途端、道路に腰を下ろし、顔色も悪く、どうなるかと心配でした。

坂がカーブなのでよく事故が起きる所、近所の人たちも外に出てきていました。すぐに救急車を呼んでくれましたが、到着するまでの時間がとても長く感じられました。二人が救急車に乗せられた後、隣のご主人の車で、私も病院へ行きました。主人は即入院となり、私は翌日、改めて入院の準備をして病院へ。何日か後、我が家の近くにある総合病院へ転院して治療を受け、数日後退院ができました。
◇「二車線の一方通行を右折した主人の車に生協の車が車線変更でぶつかってきた」と電話があり、事故現場に近い指定されたスーパーの駐車場に迎えに行きました。

何で事故ばかり起こすのか！　何で事故ばかりもらうのか！

もう驚くことも通り過ぎ、またか！　という感覚になって、主人を迎えに行きました。事故車は見ることがなかったですが、廃車とのこと。車がなくては仕事になりません。タイミングよく、免許を返納したお客さんから車を譲り受けることができ、ラッキーでした。

◇パソコンの練習が終わった時、携帯が鳴りました。「また事故かしら」と思ってしまいました。新聞代金の集金で、丁字路の出会い頭にぶつかったとのこと。なぜ事故が起こるのか！　急いで現場に行くと、警察官が三人で現場検証していました。物損事故扱いで済んだのです。主人の車は前方が壊れて運転できる状態ではなく、近くの修理工場へ移動しました。主人の荷物を取り出して、我が家へ帰ったのですが、相手との交渉は大変だったようです。
事故のたびに、車の運転をやめようと思うようですが。毎日の猫への餌やりに、車は絶対必要不可欠な物となっていました。

修理工場の腕により、見事に、また乗れるようになりました。凄いなーと思った次第です。

主人が免許を取った後、すぐに私が免許を取ったことが、大いに役に立っています。「奥さんが運転できなかったら、どうするのよ！」と、私は怒りたい気分です。

◇飲んでお風呂に入ってはだめ！　と強く言ったのに無視し入浴、出た主人は二階へ。ドンとすごい音がして、二階から落ちてきた主人が動かないのを見て、娘と救急車を呼びました。救急車が来る前、主人は体を動かし、大丈夫だと言いました。救急隊の人には帰ってもらったのですが、打ち所が悪ければ大事になっていたはず。酔っていたのでクッションになり得たのか！

「俺は守護霊に守られている」

照れ隠しで言ったことは明らかですが、そのとおりになっています。

再就職の通勤での大事故から、何度も事故に遭いながらも、八十二歳まで元気で猫の世話ができるのは、本当に守護霊のお陰かもしれない。と言うことは、私も守護霊の恩恵を受けているということかしら！

第五章　現在の私編

母に似てきた

最近、鏡に映る私の顔が母に大変似てきました。子どもの頃は全然似ていなかったのに。母は瓜実顔、私は父に似て角ばっていたので、母に似てきたのが嬉しかったものです。私が「苦労したのですよ」と言うと、「嘘でしょ」と皆本当にしてくれません。母も未亡人となり、大変な苦労をしたと思うのですが、そう見えないのです。持って生まれたものが受け継がれていたのかも知れません。得な性格です。好き勝手に生きてきたように思われて苦笑するばかり。それがまた面白く、嬉しいのです。

子どもの頃、日本舞踊を習わされそうになり、嫌でたまらず逃げ回っていた私。その点はまったく母とは違っていました。

ファッション

私は、着る物で気分が変わるファッションは大好きです。

着物を着れば、人に言われなくとも、しとやかになり、動きはゆっくり。スラックスパンツになれば、必然的に活発に動くことができます。スカートだと、足元を気にしなくてはなりませんが、女性を感じます。

出かける前日、布団の中で、翌日の洋服のコーディネートを考えるのは、楽しいことです。娘には、洋服を増やさないように言われていましたが、最近は買う必要もなくなってきました。生活上、食事と同様、ファッションは生きる糧になるものなので、持ち続けたいと思います。そして、心のおしゃれをして、生きていけることが、大事だと思っています。

二人で一人前

頼まれると断れない。保証人、貸金、頼まれごとに良い顔をする。困ったものだ。本は好き、漫画から哲学書まで、よく物事を知っているが、その自慢がたまに傷。瞬間湯沸かし器、いつも怒っている。正義の味方はいいが、まじめ人間。心不全、心臓悪いが胃は丈夫。薬で万全、食欲旺盛、でも無理は禁物なはず。お酒が好きで大好きで、死ぬ時は死ぬのだからと、止めるつもりは毛頭なし。

私は心配性、今まで、穏やかな時を過ごしたことがないと、いつも思っている。

いい加減で気にしない人との同居、石橋を叩いて渡る私。でも、似ているところもある。

お互い補完し合い、助かることもあるから、一人になったら気が抜けるかも。


料理は好きで味付けばっちり。私が忙しい時、美味しいものを作ってくれるのは見事。

買い物大好き、買い過ぎで、料理するしかないので　外食はめったにできない、しない。

子どもの頃から食事を作り、買い物が好きな私なので　我が家には料理人が二人。


こんな主人と高校時代に知り合い、九年後結婚して五十三年が過ぎた。

離婚を考えたことはないとは言えないが、結婚後、辛いこと、楽しいことがたくさんあった。

戦いながら楽しく働き、二人で協力し、子育ても終わり、自分の時間が増えた。

乗り越えてきた事実は、二人の歴史となった気がする。二人で一人前。

気難しく、時に優しい主人と戦いながら、共に老後を楽しんでいけたらと思う。

母は一人を望まないのに、一人になってしまった。

いずれは一人になるのだけれど、自分の意志で一人になるのは嫌だ。

反省と後悔は無いと言い、死ぬ時は死ぬのだと、猫の世話で生きがいを持つ主人と、まだ何かできることがあるのではないかと、夢見る私がいる。

世話になった祖母が六十五歳で亡くなった時、私の寿命は六十五歳と思っていた。

できることへの挑戦をして、母が亡くなった歳を超えたいと思っている。

野良猫の世話

主人はある時、野良猫の世話をしている人に声を掛けられ、野良猫の面倒を見る仲間に入りました。昔から猫が好きな主人はどんどんのめりこみ、今現在二十匹ぐらいの野良猫に、毎朝手作りの餌を、三百六十五日、雨でも雪でも届けています。猫には全員名前を付けているのです。

応援してくださる方がいて、餌の援助をしてくださったり、お声を掛けてくださる人もいますが、反対に餌の皿を蹴飛ばす人や、猫の寝床を壊してしまう人もいるそうです。

餌を与えることに異議を唱える人がいる中、猫にも命があるのだからと、仲間たちと地域猫の会を立ち上げ、役場に登録して活動しています。

野良猫をこれ以上増やさないために捕まえては手術をして、頑張っているのは凄いと思います。

主人が猫の食器を片づけに回っている時、子猫の激しい鳴き声が聞こえてきて、その周りをカラスが取り囲んでいたと言います。日頃、猫の餌やりをしていると、すきを見て猫の餌を奪おうと、カラスがやってくるという関係性のためか、主人の車を見ると、カラスは子猫の側から飛び去ったそうです。とは言え、そのままにしておくわけにもいかず、家に連れてきたその子猫は、私の手のひらに乗っかるほどの大きさでした。

主人の話だと、生後一か月くらいだということでした。

カラスに襲われた時、必死の思いで、泣き叫び、助けを求めていたのでしょう。一つ間違えば、死んでしまっていたかもしれないのです。子猫は生命力が強いのでしょう。目がクリクリして、本当に可愛いのです。どうしてこんなに可愛い猫を捨てるのでしょう。

事情があるのでしょうが、いつも餌やりの姿を見ている方なのか、ここへ捨てれば助けてくれる人がいると思ったのかもしれません。

猫好きの主人は可愛い、可愛いと言って面倒を見ていますが、これから十年近くも生きていく子猫を、老夫婦が面倒を看るのは大変なことです。

そこで、地域猫の会の仲間に頼んで里親探し。早速、連絡があり、一週間後に我が家へ来るということになり、それまでは面倒を見ることに。今まで、こんな小さな猫を飼ったことがないので大変でしたが、可愛い子猫に癒された日々でした。足元に寄ってきて、すり足で動かないと、踏んでしまいそうな、素早く元気な子猫なのです。

一週間後、インターネットでお世話してくれた人も我が家に来てもらい、譲渡することになり、三人で来られたご家族は、子猫のあまりの可愛さにびっくりし、喜んでいました。良い方のようで、本当に良かったと思うと共に、飼えない状況を残念に思いました。

主人は八十二歳になり、餌やりは大変ですが、今のところ主人に代わる人がいないため、やれるだけ頑張ると。猫に生かされている生活をしています。

娘たちも「好きなようにさせたら」と言いながらも、主人の体を気遣っています。

名もない婆の独り言

八十歳まで生きてこられたのは、出会った人のお陰だと信じています。皆さん良い方で、良くしてもらい、出会いで人生を作ってもらいました。

生きていくのに必要な物はすべて一人では作れません。どんな仕事でも必要のない仕事はありません。命尽きるまで、自分にできることは、のんびりとお手伝いして、できないことはできないと素直に言って、人の助けを借りたいです。

世の中が平和になり、若者が自分らしく生きていけるよう、心から応援したい。自分がされて嫌なことは、人様にしないように心がける。それぞれの個性を尊重する。

「あなたがいるから助かっています。あなたのお陰で生かされています」と思えば、感謝の気持ちが芽生え、気分良く過ごしていける気がします。

私は、こうしてこの年齢まで生き続けられ、これからも生きていこうと思っています。歳を忘れ、お叱りを受け、笑ったり、泣いたりして、過ごしたいものです。

元気よくただひたすらに今を生き出会いに感謝未来をつなぐ

後書き

人生十人十色大賞のコンテストの「誰にでも人生がある」の募集記事を見て、この機会に、自分の人生を箇条書きにして、娘に残しておこうと思い、分かる範囲で書き始めてみました。

原稿を送ることなど考えてもいませんでしたが、書いてみると、何となく送ってみたくなってしまい、プロの感想を聞かせてもらえるかもと、勝手に思っていたのかもしれません。

入選することはあり得ないと思い、気にせずにいたら、落選のお手紙が届きました。私にこの機会を与えていただき、書くことにより、昔の自分を思い出すことができたことで、十分満足でした。残しておいた日記や手帳などを、処分する機会にもなりました。

忘れかけた頃、文芸社の出版企画部担当者から、電話をいただき、ビックリしました。

「箇条書きの原稿の中に、私の人となりを感じたので、自分史を膨らませてはいかが」という話でした。

出版説明会を受けたこともなく、文章を書く勉強をしたこともない私です。ただ、書くことは嫌いではないので、紙面に向かい、心の内をぶつけて、力を得てこられたのかもしれません。でも、その生き様を、表に出すことなどは、考えられませんでした。私の日記を盗み見たことがある主人には、「いつか私の人生を書いたほうがいい」とは言われていましたが。まさか、その先があろうとは。

何度か電話をいただいているうち、出版企画部担当者の人となりを感じてきた私は、気持ちに変化が起きてきました。八十歳近くまで生きられたこと、子どもたちが、私の子ども時代を知ったら、どう思うかしら？　と、興味が湧き、主人も何を書かれるかも分からぬままに、出版することに賛成してくれたことなどが、私の気持ちを押してくれました。

全てを書き尽くすことなどできません。何かを書き忘れているような気がしますが、私の人生の一片が、他の人の心に、少しでも届くようなことがあれば嬉しいです。
本を出す道筋を作ってくださった出版企画部の担当者様。まとまりのない原稿を添削、編集してくださったアドバイザー様に、「ありがとう」の言葉を申し上げたいと思います。

令和五年　七月

矢野　浩子

著者プロフィール
矢野 浩子（やの ひろこ）
1943年４月申年生まれ。東京都出身。
都立小松川高校卒業。
千代田生命（現、ジブラルタ生命）退社。

いつも心に太陽を

2024年２月15日　初版第１刷発行

著　者　矢野 浩子
発行者　瓜谷 綱延
発行所　株式会社文芸社
〒160-0022　東京都新宿区新宿1－10－1
電話　03-5369-3060（代表）
03-5369-2299（販売）

印刷所　図書印刷株式会社

ISBN978-4-286-24361-0